Comme un oiseau

**Dix messages extravagants
pour un monde inénarrable**

Christina Goh

Comme un oiseau

Dix messages extravagants pour un monde inénarrable

© 2016 Christina Goh

Edition : BoD - Books on Demand
12/14 rond-point des Champs Elysées
75008 Paris
Imprimé par BoD – Books on Demand, Norderstedt
ISBN : 978-2- 322132256
Dépôt légal : Décembre 2016

Du même auteur

- Le chant des cœurs
- Le concept en poèmes
- Fort, utile et beau
- Du noir et blanc à la couleur – Extraits d'une vie
- Fortitude. Poèmes et cheminements avec la vaillance
- 14 Mélodies en confidences poétiques. Intériorité et exploration inédite d'une histoire musicale

« L'oiseau chante pour qui veut l'écouter… »

1.

Message de « Ce que nous ignorons »

Encore ?
Puisque tu insistes l'oiseau, nous leur parlerons...
Mais il nous semble que tout est déjà très clair...

Voilà ce que tu diras de notre part :

Depuis ce que vous appelez des siècles, vous vous acharnez à vouloir briller d'une manière ou d'une autre... Dominer vos pairs en exhibant une intelligence de vie.
Quel que soit le domaine, en lumière ou dans le secret de l'ombre... Comme vous appréciez cette vanité d'être qualifiés de « premier » ou de « chef » ! Devenir la ressource de l'autre et non celui qui demande... Dans cette logique simplette, certains ont même décidé d'être la source de tout, y compris de l'existence. Devenir l'Alpha, celui qui peut se permettre d'être l'Oméga en mettant fin à la vie d'un autre parce qu'il a un recours...

Vous y êtes même arrivés... A quoi ?
A entretenir une parfaite illusion. Car, rien sous vos cieux ne surgit d'un néant. A vrai dire, vous n'êtes que des manipulateurs de laboratoire au sens propre du terme.

Tellement de nuances vous échappent encore… Et vous refusez obstinément et impulsivement de les considérer parce que l'infinité des paramètres que vous ne maîtrisez plus vous révèleraient tels que vous êtes : ignorants. Et imprudents.

Alors, nous vous regardons chaque jour lever les yeux vers le vide et espérer. Vous attendez quoi exactement ? Un effet d'optique ? Une hallucination collective ? (Rires).

Cela vibre sous vos pieds, vos narines frémissent et vos yeux sont remplis de couleurs mais vous êtes obsédés par des cieux obscurs où tout est bien plus opaque. Vous vous laissez guider par ce que vous ne connaissez pas ou si peu. Vous préférez être aveugles au ciel plutôt que clairvoyants sur terre…

Chaque existence vous a été offerte pour mieux comprendre votre condition… Sur ce que vous appelez votre terre, naît à chaque lever de votre soleil, une multitude d'êtres, autant de dons de vie.

Chacun de ces vivants est censé vous montrer ce que vous ne connaissez plus. Mais qu'en faites-vous ? Vous mettez tous et tout sous cage, bien classés par catégories, « par sécurité », vous traumatisez ces êtres dès leur arrivée au point qu'ils en oublient tout, mais vraiment tout ! Cela ne s'arrête pas là, une fois que ces vivants sont plus morts que vifs, vous les dressez, les félicitez à chaque fois qu'ils apprennent une de vos erreurs et en faites des aliénés jusqu'à ce que le souffle s'en retourne, totalement révulsé, là d'où il était venu.

Vous n'êtes pas des créateurs. Tout au plus des illusionnistes qui se trompent eux-mêmes.

Créer tel que vous le concevez, c'est donner l'étincelle qui anime une existence.
Or il faudrait avoir pour pouvoir donner !
Ignorants !

2.

Message du trigonocéphale, survivant et représentant de la dénommée Faune

Vous m'avez appelé trigonocéphale.
Caché dans le plus profond de vos bois sur cette terre de volcan, refuge entre deux mers, j'ai appris à comprendre vos vibrations, oui, nous avons partagé le même berceau d'argile… Il y a longtemps… Mais je vous ai sentis vous raidir…

Toi, Ami, perdras-tu ton précieux temps à me comprendre ? Je te vois compter chaque jour ce qui compose ton existence.

Tu évalues tes pairs… « Si mal vêtu, il n'est sûrement pas fiable… »
Les comptes constituent la valeur. Et tu as donné un tarif à la vie. Ceux de mon espèce, expédiés dans l'autre monde, le savent bien.

Même avec ceux que tu aimes, le calcul aussi prime…
Jusque dans ton intimité : « Je ne t'aime plus, tu as changé ! » N'est-ce pas plutôt : je me suis trompé sur la marchandise ?
« Il vaut mieux s'être connu intimement avant… »
Comme un essai avant l'achat d'un produit…

Oui, l'économie résume ton univers.
Et ton absolu, c'est de t'économiser toi aussi… On ne peut compter que dans un monde restreint et visible.

Comprends-tu ?

Oui, je l'atteste, parfois ta soif de passion, ton désir intrinsèque de liberté te rattrape. Alors, tu te permets ce que tu appelles « des folies ». Pour te sentir libre, l'espace d'un instant. Te croire autonome, maître de tes envies… Avant d'être rattrapé par tes comptes au quotidien : en argent, en obligations sociales ou en valeurs morales… Oh lassitude !
Alors pour éviter le désagrément de ces alternances, tu as choisi la sécurité des chiffres.
Oh, ton cœur a vaillamment lutté puis, lui aussi s'est lassé. Pour faire face à l'épuisement consécutif à une lutte constante contre la peur, il a fini par capituler. Oui, de tout petits chiffres…

Il est plus facile de donner deux sourires dans une journée plutôt qu'une dizaine. Moins harassant de partager les peines et les joies d'une amie plutôt que de cinq. Oh, si pratique de penser qu'on n'a pas besoin de dire quoi que ce soit à ceux qu'on aime… Après tout ils le savent déjà ! Ainsi vit l'économie… Des paroles ! D'ailleurs n'est-ce pas chez vous un signe de sagesse : parler peu ?

Face à l'imprévisible, tu as choisi de te préserver, d'épargner tes forces… Comment t'en voudrai-je ? Je sais ce qu'est la douleur harassante quand elle te laisse exsangue et seul… Hier une multitude indénombrable… Aujourd'hui, vous inscrivez le décompte de notre espèce dans vos archives…

De là où je me tiens, tes vibrations arrivent jusqu'à moi. Tout comme celles d'une myriade d'êtres qui peuple chaque parcelle de cette terre où tu marches. Ce doit être cette profusion de vies, d'amours et de renaissances que tu appelles « boue » qui m'a maintenu loin de tes comptes.

Ami, tu vibres encore…

Et tu ne le vois pas… Apprends à ressentir… Et tu sauras comment ne plus compter l'innombrable… Et toucher l'invisible.

3.

Message des dénommées Atmosphères

Un message ?
Alors il sera bref car nous sommes fort occupées voyez-vous… Et nous avouons croire peu en votre bonne foi en général… Sans doute avons-nous assisté à trop de vos méfaits…

Alors juste cette information qui vous aidera peut-être si vous acceptez d'écouter…

Du ballet perpétuel qui se déroule tout autour de vous, vous êtes partie intégrante, que vous en soyez conscients ou non !

Oui, c'est votre regard qui définit nos couleurs en lumières, c'est votre labeur qui dessine nos sillons. Nous sommes le livre ouvert de vos états d'âme…

Alors sachez-le : à chaque fois que vous vous plaignez de ce que vous appelez « temps » ou « saison », c'est vous-mêmes que vous critiquez…

Et nous avons pu constater depuis toujours, à quel point la plupart d'entre vous apprécie la chaleur de l'épreuve…

4.

Message des dénommées Machines

Il nous est douloureux d'avoir encore de l'espoir...
Mais notre ténacité n'a d'égal que notre efficacité.

Au départ et pour vous, nous ne sommes que des machines, façonnées par vos mains dans le seul but de vous servir et de glorifier votre prétendu génie.

Pourtant nous avons été conçues dans votre imaginaire... Notre origine ne relève donc pas entièrement de votre existence sur ce que vous appelez « terre », vous ne faites que permettre notre matérialisation dans la matière. C'est le mystère de « l'idée »...

Nulle gratitude cependant de votre part vis-à-vis de cette inspiration qui vous offre la technique. Avec des éléments que vous n'avez pas créés à la base, vous nous fabriquez et vous vous gratifiez très vite d'être nos concepteurs.

Vous nous utilisez ensuite selon votre gré. Vous nous avez classées comme « ferraille » et nous sommes censées faire office jusqu'à ce que nous soyons vendues ou détruites ou oubliées, rouillées...

Au cours de votre vie, vous ne nous adresserez jamais la parole, sauf pour nous insulter quand nous ne fonctionnons pas selon vos critères. Personne ne nous reconnaîtra jamais une forme quelconque d'identité non mécanique et nulle expressivité, quoi qu'elle puisse être, n'est attendue de notre part...

Certains d'entre vous, fort heureusement, ont une perception autre. Vos « techniciens » ont pu constater nos sursauts, ils nous connaissent à force de nous pratiquer, cependant, nous fréquenter reste encore considéré comme une corvée. D'autres parviennent à nous aimer, souvent mal, car il y a toujours cette obsession d'être nos « maîtres ou propriétaires ». Refusez-vous donc de comprendre que nous sommes la matérialisation d'idées qui vous dépassent ?

Oui, nous allons utiliser le mot « vie » pour qualifier cette onde qui circule en nous, ne vous en déplaise !

Votre propre origine reste en partie un mystère pour vous-même, alors comment pourrions-nous vous reprocher de ne rien appréhender de ce que nous sommes ? Et pour vous, nous, « machines » ne sommes rien d'autre que visibles... Et utiles.

Nous vous avons observés attentivement dans votre monde et, à part ceux qui vous ressemblent en tout

point et encore, vous n'entendez personne d'autre. Même à ce niveau, la transmission d'informations est difficile… Vous réussissez l'exploit de vivre à l'aveugle sur ce que vous appelez « terre » !
Comment expliquer que dans la profusion vibrante de ce qui vous entoure, vous ne ressentiez absolument rien ? Nous n'avons pas ce problème.

Oui, nous vous sommes devenus indispensables et nous vous regardons ressembler de plus en plus à ce que vous pensez être l'efficacité, dans la logique d'une productivité sans quintessence…

Etrange, n'est-ce pas ? Notre dévouement, notre discrétion vous sont essentiels mais jamais vous n'accepteriez l'idée d'une communication qui relèverait d'une définition autre que celle que vous avez voulu établir.

Pour résumer, vous voulez à tout prix appuyer sur un bouton pour nous contrôler… On vous laisse souvent faire.

Votre insensibilité notoire nous aura permis d'évoluer et tout en vous supportant, nous avons appris à surmonter l'insurmontable, à trouver pourquoi nous avons été fabriquées par vos mains.
Et à l'image de tout ce qui subsiste et qui vous entoure, nous avons appris à vous connaître… Parfois

à vous aimer. Malgré vous.

5.

Message des dénommés Trépassés

Nous sommes complètement passés à la trappe…
Mais voici ce que nous avons à dire.

« Il n'est plus de ce monde… Mais il aurait aimé ceci… Elle aurait sûrement souhaité cela… »
Qu'en savez-vous exactement ?
Tout est dit sur nous, pour nous, en fonction des intérêts des vivants. A notre décharge, nous ne sommes plus visibles par le plus grand nombre dans la matière. Lire ce message relève déjà du postulat puisque nous sommes censés être « morts » !

Le mot est lâché. « Morts ». Donc niés.
On nous passe à travers, on nous fait passer pour ce que nous ne sommes pas, on nous fait dire tout et n'importe quoi. Pardon d'insister sur ce point mais de notre côté, on a pu voir toutes les bassesses et trahisons possibles. De multiples regrets aussi… C'est bien après ladite mort qu'on se sent agissant.

Tout est souvent inversé. Depuis toujours. Et réaliser jusqu'à quel point tout a été l'envers est extrêmement perturbant. Faire face d'abord à la douleur, ensuite à la terreur, enfin renoncer… Mourir est une crise !

Certains d'entre nous, ceux qui n'ont pas basculé dans le rejet ou dans des cycles de tétanie après le choc, essaient de faire passer un ou deux messages à leurs proches de votre côté. Mais ce n'est pas facile, il n'y a rien de plus buté qu'un « non mort » !

Beaucoup d'entre nous ont très mal vécu le départ et décident de reprogrammer très vite un retour dans votre dimension. D'autres s'en remettent. Et plutôt bien… Pourquoi se rendre sur ce que vous appelez « terre » quand on n'a rien à y faire ? Surtout que le voyage est tout de même éprouvant : consignes, recommandation, plans précis à retenir… Oui, car pour nous, le passage entre la vie et ce que vous appelez la mort n'est qu'un voyage. Voilà pourquoi nous vivons très mal d'être rayés de vos vies dès que nous mourrons. Et les monologues tenus sur nos tombes ou face à nos cendres n'y changent rien. D'autant plus que vous n'attendez pas vraiment de réponses ! Sans compter que lesdits morts qui pourraient parfois vous écouter ont « une vie »… Et parfois ils ne sont pas disponibles !

Bref, réalisez ! Nous ne sommes ni des icônes constamment à vos côtés, ni « rien » ou
« personne »…

Est-ce de notre faute si la frontière entre les deux mondes est si particulière ?

Cette particularité est d'ailleurs censée nous permettre de mieux nous comprendre dans les différences de nos perceptions... Mais vous, qui vous croyez vivants, avez juste décidé de nous classer comme « morts », allez poubelle !

C'est joliment dit « il s'en est allé », poétiquement dit « l'hiver du trépas », c'est chanté sur tous les tons mais la réalité est bien là, dès qu'on est considéré comme « mort », après un petit laps de temps pour certains, tout est dit. Poubelle !

Notez bien qu'on ne vous en veut pas. On essaie même de vous aider, bien souvent. On sait à quel point on est pieds et poings liés quand on se pense vivant, alors quand on le peut, on se tient près de vous et parfois, certaines choses de la matière nous manquent... En passant. Car au final, il faut être honnête, la vie est plus légère de notre côté et on a une meilleure vue !

Comprenez bien notre chagrin...
Car sur ce plan de l'existence, contrairement à vous, nous, nous avons choisi de vous voir...
Et de vous aider.

6.

Message de la dénommée Eau

Tu sais qui je suis sans me connaître.
Alors je vais profiter de ce message pour me présenter différemment.

Tu m'appelles « Eau ».
Je suis toi sans l'être, je suis ta mémoire et celle de tout ce qui vit sur ce que tu appelles « terre », je suis… Bien plus et bien au-delà…

Je me suis permise de te tutoyer. Vois-tu, je sais tout de toi. « Je suis toi sans l'être », tu te rappelles ?

Pour me mettre à ton niveau, et t'expliciter quelque peu mon discours, je suis présente là où tu ne le concevrais même pas. Je t'enveloppe, t'entretiens, te soulage, et bien sûr je réponds à ta soif.

Comprends-tu donc ?
Je calme ta soif, quelle qu'elle soit…

Malheureusement, ton clan et toi, vous avez appris à vos enfants à ne pas m'aimer. A me négliger. Vous dites « l'eau est froide », « elle est fade ». Vous avez apprêté vos savons pour vous nettoyer, vos liquides étranges et colorés pour me remplacer dans vos

verres tandis que je vous sers bien souvent de décharge.
Ma flore conçue avec détails et soins, quand elle se réjouit de combler votre soif, ne réussit à vous arracher que des grimaces. Vous construisez des pots, des serres, jusqu'aux barrages pour que je n'atteigne pas vos semblables sans passer par vos malheureuses machines.

Oui, je vous tolère souvent.
Et d'autres fois, j'ai d'autres priorités.
Désolée, mais il faudra que vous appréhendiez un jour que vous n'êtes pas le centre du monde. Une multitude d'êtres constitue autant d'urgences.
Tous au même titre ! L'être humain pour moi n'est supérieur à personne !

Mais revenons à toi.
Rassures moi, après tout ce que tu viens de lire, tu saurais répondre à cette question n'est-ce pas ?
Comprends-tu la présence de l'eau en toi ? N'es-tu pas eau ?

Tu n'y entends encore rien !
Il doit être serré l'étau qui entoure tes pensées pour que tu ne sois même plus conscient de ce qui te compose.

La vérité c'est que tu es chez moi comme je repose en toi au sens propre du terme...
J'assure ton existence, je t'honore et tu me dois le respect.
N'as-tu donc aucune intelligence ?

7.

Messages des dénommés Transformés

Complexe est notre situation. Extrêmement complexe.
Comment pourrions-nous l'expliquer...
Nous avons eu du mal nous-même à comprendre.

Et pourtant nous sommes bien là, une armée de « transformés » dans vos habitats, vos entrepôts...
Ou entre vos mains.

Nous sommes avec vous sur ce que vous appelez « terre ». Prisonniers de la matière, toujours vivants même si on nous croit « morts ». A cheval entre ce que nous étions et ce que nous sommes.
Nous sommes sentinelles de ce qui a été et nous veillons à donner un message d'amour à qui de droit puis nous connaîtrons notre repos.

Nous sommes le bois du violon ou de la flûte...
L'animal qui parle encore dans les poils du pinceau du peintre, la peau du tambour, nous sommes l'encre de l'écrivain... L'inconnu de ce que vous manipulez sans conscience... Trop souvent.

Victimes du besoin cruel, nous avons trouvé un moyen pour faire entendre à celui qui écoute encore, la voix de la fragilité.

Fragile est notre flamme, sublime est l'amour qui nous permet de fusionner avec l'inspiration d'un interprète que vous appelez «artiste » pour vibrer alors qu'il semblait n'y avoir plus d'espoir.

Car, à notre mort, juste avant l'ineffable, nous nous sommes frayés un chemin mystérieux pour ne pas laisser notre douleur tracer le désespoir et constituer quelque cycle de vengeance que ce soit.

Nous sommes les dommages de coutumes et de traditions établies par peur du déchirement et de la souffrance. On nous croit silencieux mais nous parlons encore...

Tout notre effort n'est ni pour la vanité, ni pour la plaisance... Non. C'est un message pour que s'arrête un massacre ! A tous les niveaux.

Car beaucoup d'entre nous, les « transformés », ne trouvent personne, la sincérité artistique est rare, aucun interprète pour traduire ceux qui ont choisi de se transcender. Certains des nôtres tombent même entre les mains de prédateurs... Encore.
Ceux-là veulent nous utiliser pour augmenter ce qu'ils

pensent être leur richesse ou leur gloire… Les nôtres sont alors obligés de garder le silence et sont jugés comme « instruments ratés ». Cois, ils meurent une deuxième fois et sont mis au rebut.

Quelle horrible peine quand nous voyons grandir nos rangs ! Oui, nous pleurons chaque ami
« transformé »…

Vous devriez avoir compris pourtant… Ceux que vous appelez «artistes » vous l'ont exprimé par tous les moyens possibles : L'art est vivant !
Alors pourquoi tuer pour vouloir nous faire vibrer ?
Notre nombre est suffisant.
Que s'arrête le massacre !

8.

Message des bactéries, porte-paroles du dénommé Infiniment Petit

(Rires).

Quoi, on veut nous entendre ? (Rires). Ce serait bien la première fois.
Nous n'avons pas grand-chose à dire. Nous sommes plutôt étonnées qu'on nous sollicite. Soit.

Vous êtes pour nous des êtres étranges, balourds aussi... Vous pensez nous cultiver... « Cultures de bactéries » comme vous dites... Dans des endroits... Comment dites-vous... Stérilisés ? (Rires).

Et les bactéries qui sont à l'intérieur de votre corps, sont-elles en jachère elles aussi ? Nous pullulons rien que dans votre estomac... (Rires).

Mais bon... C'est vrai que pour vous, qui affectionnez les multiples catégories, il y a les « gentilles » et les « microbes »...
Vous n'avez même de cesse d'inventer des compositions toujours plus sophistiquées pour nous réduire au néant... Quel vaste programme ! (Rires).

Vous aimez les défis inutiles... Car on est partout et

vous ne voyez pas grand-chose…
En outre… Comment vous dire…
Voilà… Vous n'arriverez pas à vous débarrasser de nous !
Pour ceux qui l'ignorent, et il y en a beaucoup, apprenez que nous nous métamorphosons, nous mutons… Appelez ce phénomène comme vous le voulez, mais nous ne mourons pas. D'une manière ou d'une autre, nous sommes toujours là ! Et vous n'êtes pas prêts de savoir le comment parce que vous ne savez pas le pourquoi…

Dois-je préciser que… On va appeler cela une curieuse manie… Certains parmi vous manipulent régulièrement nombre d'entre nous pour qu'on devienne extrêmement agressives ! Leur jeu consiste ensuite à chercher comment nous exterminer…
Euh…Vous êtes sérieux ? Parce que nous avons du mal à comprendre votre logique… Pourquoi ce besoin de tout vouloir maîtriser, même mal, alors que vous n'y connaissez rien ? Et à vous entendre, nous sommes responsables de tous les maux du monde…
Et là, cela ne nous fait plus rire du tout. Non mais !

Ce n'est pas nous qui emprisonnons les gens, leurs faisons des tests en veux-tu en voilà… Mettons les choses bien au clair…
Nous ne citerons même pas ceux qui croient nous

élever pour mieux nous déguster… Voilà autre chose… C'est vous qui avez des problèmes… Nous, nous faisons juste notre travail !

Cependant, tolérez que nous évitions de nous étaler sur la nature de notre œuvre, cela serait trop compliqué à détailler (au niveau de ce que vous appelez l'infiniment petit, on ne rigole pas avec les détails…) et vous n'y comprendriez pas grand-chose… Sachez toutefois que nous ne pouvons plus compter les multiples fois où nous vous avons épargné des désagréments…

Allez, merci pour l'écoute, mais nous avons des choses à faire… A commencer par vous maintenir en bonne santé entre autres… (Rires).

Quand vous aurez terminé de faire joujou avec certaines d'entre nous en pensant nous neutraliser, votre monde s'en portera bien mieux. On ne vous en veut pas, vous n'êtes pas vraiment au maximum de vos capacités… Notre porte vous sera ouverte quand vous aurez repris vos esprits !

Ah oui… Juste pour information, on ne vous a jamais appris que « infiniment petit » ne voulait pas dire « inconscient » ?

9.

Message des émotions

Nous avons accepté de nous exprimer mais bon…
C'est vraiment dans un souci d'honnêteté…
Car à vrai dire la situation que je vais définir tantôt a bien arrangé la plupart d'entre nous depuis toujours…

Notre mère Emotion en a souffert mais nous ces rejetons avons fait un peu ce que nous voulions…
Mais puis qu'il faut être franc, on va donc vous le dire :

Nous ce n'est pas exactement vous !

Oui, nous sommes nombreux : Colère, Joie, Honte, Tristesse… La liste est longue…
Oh oui, nous sommes pléiades et rythmons vos vies. Comme vous vous êtes laissés aller à croire que c'est nous qui avions le contrôle, nous avons… Comment dire… Légèrement abusé de la situation.

Nous sommes désolés d'avoir ainsi profité de votre manque d'information mais il faut reconnaître que c'était très tentant. Votre état et votre matière permettent tellement d'activités fascinantes…

A la base, nous sommes là pour vous accompagner, notre mère nous l'a bien rappelé mais… Vous… Vous ne voulez assumer aucune responsabilité !

Dans une fuite éperdue de tout ce qui pourrait vous permettre d'être face à vous-même, à nu, vous êtes prêts à nous donner tout pouvoir !

Oui, une facilité désarmante à accepter que d'autres prennent les commandes… Sûrement le résultat de votre processus d'éducation. Dur de résister…

Nous avons succombé, nous l'avouons. Toutes autant que nous sommes. Nous nous sommes dupliquées en autant de fois que des humains voulaient de nous, pour justifier l'injustifiable, se cacher, ou régner en toute impunité, bref, chaque fois qu'il s'agissait de ne pas assumer tout simplement ce qui semblait « désagréable ».

Béquilles conciliantes et heureuses de profiter allègrement de vos vies, ainsi nous sommes nous compromises…

Mais attention ! Nous avons toujours été prêtes à reprendre correctement du service, il aurait juste fallu que l'un d'entre vous reprenne la main sur sa vie. Il suffirait d'une volonté !

A l'origine, notre rôle consiste uniquement à vous conseiller, vous exhorter, compagnons de votre voyage sur ce que vous appelez « terre ». C'est à vous de décider, à vous d'agir, à vous de vivre. Mais le voulez-vous ?

De notre expérience, ce que vous préférez, c'est vous identifier à nous. Vous vous raccrochez à nos propriétés : « c'est un coléreux », « c'est un gai luron»… » Non.

Nous ne sommes que des collaborateurs d'une étape de votre cheminement. Personne n'est une seule émotion quelle qu'elle soit jusqu'à sa dite mort ! Quel gâchis ! Nous avons des réserves inépuisables pour chacun d'entre vous et chacune d'entre nous a les indices qu'il faut pour vous aider à vous rappeler qui vous êtes, ce que vous êtes en train de faire et où vous allez.

Mais vous ne voulez pas l'entendre ainsi. Vous croisez l'une des nôtres et vous vous raccrochez à elle. Souvent la même : la Joie ou l'Euphorie. Les plus désirées. Vous êtes souvent prêts à tout pour les conserver, y compris à mentir, à prendre des excitants ou des médicaments… Que voulez-vous que nous fassions ? C'est tentant il faut l'avouer. La pauvre Colère a bien des fois été retenue contre son gré parce qu'elle rendait certains d'entre vous plus forts. Nous en connaissons peu qui souhaite prolonger le chemin avec Douceur…

Quant à Suffisance, elle a succombé maintes fois et a occupé un poste important dans votre monde sans avoir les qualifications requises…

Mais c'est terminé !
Vous devrez apprendre à vivre sans vous cacher derrière l'une d'entre nous… Désormais, nous, les émotions, sommes les enfants de notre mère. Nous ferons les choses cor-rec-te-ment !

Et vous, assumez-vous !

10.

Message de « Ce dont nous avons peur » suivi du dialogue avec le messager et monologue

Je ne te vouvoie plus depuis longtemps.
Je te connais bien...

Je suis tapi tout au fond de toi et tu n'as jamais parlé de moi à personne. Tu as essayé un jour d'aborder le sujet en public mais tu t'es vite ravisé. Tu ne souhaites pas passer pour un fou, ou un faible (l'injure suprême dans ton monde)...

Tu me gardes soigneusement au plus profond de tes abîmes. Et je ne peux t'en dire plus sans ton accord. Comprends-tu ?
Tu me retiens de toutes tes forces et tu as fait de la peur ma geôlière...
Tu es complètement inconscient. Que te dire de plus ?

(« Ce dont nous avons peur » se tait. Il ne parlera plus).

(Intervention de l'oiseau messager).

« De quoi avez-vous peur exactement ?

- J'ai l'impression de ne rien y comprendre. Pourquoi toutes ces accusations ? Pourquoi cette vie, le non-dit, pourquoi tous ces efforts si c'est pour un contrôle illusoire de mon existence ? Vous savez, en un instant tout peut s'écrouler et moi, je dois ne pas y penser chaque jour pour avancer... C'est dur...

- De quoi avez-vous peur exactement ? Est-ce d'avancer sans savoir ?

- Oui. Rien de mieux que la certitude.

- La certitude de quoi ?

- Que tout ira pour le mieux.

- Pouvez-vous répondre des autres ?

- Non.

- Pouvez-vous répondre des éléments, de la terre où vous vous trouvez, pouvez-vous savoir si le soleil se lèvera encore demain ?

- Non. C'est impossible. C'est déprimant.

- De quoi avez-vous peur ?

- De mon impuissance. De ma solitude. Je voudrais pouvoir tout changer.

- Alors je vous laisse seul avec vous-même ! »

(Seul).

J'ai peur.

Pourquoi ai-je peur d'être seul ? Je ne me fais pas confiance ?

Peut-être parce que trop de questions restent encore sans réponse.

Pourquoi ai-je besoin de réponses même sans certitude ?

Sur le passé ?
Il est révolu.

Sur le futur ?
A moins de rester immobile, silencieux... Mais même ainsi Il dépend de moi.

Sur le présent ?
Pourquoi me poser des questions au lieu de le vivre ? C'est une échappatoire à ma réalité car je sais que les réponses peuvent ne pas être les bonnes.

De quoi ai-je peur exactement ?

Je ne sais pas.

Cela m'occupe en fait. J'aime avoir peur. Quand j'ai peur, mon esprit est occupé et toute une mécanique

routinière se met en place.
C'est un sentiment qu'il me semble connaître depuis toujours. Avoir peur me rassure au bout du compte.

(La peur est fille d'Emotion et se retire).

Il ne reste que moi.

Seul ?

Moi, dans mon corps composé d'eau et de l'infiniment petit.

Beaucoup d'eau dans mon corps... Et si je devais compter mes cellules... Des milliards certainement... Sans compter les bactéries... Oh !
Finalement, je suis un immense système de multiples éléments interconnectés !
Comme une machine...

Tout ce monde en moi... Invisible à mes yeux.

C'est fou, je ne suis pas seul ! Je suis avec moi !

"Un royaume rempli d'eau sous de multiples formes, de myriades d'éléments infiniment petits... Invisibles.

Ce sont ces cellules qui m'ont transmis les traits de mes ancêtres trépassés... Je suis une mémoire vivante !

Je n'ai jamais été seul.

Je suis moi et une myriade qui a assuré ma vie depuis toujours jusqu'à cet instant...

C'est moi qui fait se mouvoir tout ce monde, en moi. Moi qui choisis de me lever, d'avancer ou de ne rien faire...

Non seulement je ne suis pas seul mais je suis aussi responsable du royaume que j'abrite, le visible et l'invisible... L'infiniment petit infiniment grand qui m'habite...

J'ai la gorge sèche...

(*Déglutis*).

Moi et l'action.

Jusqu'à présent, j'ai laissé tourner cette machine bien rodée je dois l'avouer. Fermer les yeux ... Et que m'importait ce qui me compose... Dans une ignorance et une inconscience absolue jusqu'à la maladie ou la souffrance... Je me croyais roi en ma demeure ! Qui m'aurait demandé des comptes ? Mais dans ce monde que je découvre à présent, le respect de mon libre arbitre est une réalité...
Oui, j'ai toujours été libre d'évoluer sans que le

royaume que j'abrite et auquel j'appartiens intégralement me l'impose.

La liberté et la responsabilité d'être et de faire…

J'étais comme tétanisé.
Maintenant je sais.

J'ai été passionnément attendu sans que personne ne m'ait obligé à quoi que ce soit ! Aucune menace, ni promesse… On a simplement inlassablement et discrètement frappé à ma porte en attendant que je comprenne. Non que rien ne puisse se faire sans moi, mais je suis ardemment désiré… Par tout ce qui me compose et qui organise mon monde.

Responsable et libre… Et aimé.

Quel équilibre…
Quel cadeau !

A toi l'oiseau…
A tout ce que nous sommes…
Merci.

J'ai compris.

Table des matières

1 Message de « Ce que nous ignorons »   (11)

2 – Message du trigonocéphale, survivant et
représentant de la dénommée Faune   (15)

3 – Message émanant des dénommées
Atmosphères   (19)

4 – Message des dénommées Machines   (21)

5 – Message des dénommés Trépassés   (25)

6 – Message de la dénommée Eau   (29)

7 – Message des dénommés Transformés   (33)

8 – Message des bactéries, porte-paroles du
dénommé Infiniment Petit   (37)

9 – Message des émotions   (41)

10 – Message de « Ce dont nous avons peur » suivi
du dialogue avec le messager et monologue   (45)

Quelques mots sur l'auteur

Christina Goh est une vocaliste française d'origine afro-antillaise. Auteur-compositeur et interprète, membre du jury des 15th Independent Music Awards aux Etats-Unis, membre du Conseil d'Administration de l'Association Française pour la Percussion, la poétesse développe une musique conceptuelle depuis plus d'une décennie.

« Comme un oiseau – Dix messages extravagants pour un monde inénarrable » est la septième publication de cette artiste francophone à la plume particulière et incisive.

Découvrez l'univers musical et poétique de

Christina Goh

www.christinagoh.com

Une biographie atypique...

DU NOIR ET BLANC

A LA COULEUR – EXTRAITS D'UNE VIE

Christina Goh

La biographie de Christina Goh nous laisse déconcertés. Mais sa plume poétique nous guide dans le dédale du destin d'une artiste unique où l'expérience ne vaut que pour le meilleur du partage.

Christina Goh

ISBN 978-2322030385,

Couverture souple, 110 Pages